奥村和子詩集

食卓の風景

新選

澪標

食卓の風景　新選●目次

I

II

III

I

睦月《むつき》の菜園で

金剛おろし吹き
きゅーんと身がひきしまる
にわか百姓始めたわたしのはじめての収穫
初秋に蒔いたちっちゃいタネが
四カ月後には青々と茂っているのだ
土は魔法使いのよう
きくなは引っこ抜くとつーんときつい香り
ほうれん草は薄桃色の根っこもおいしそう
小松菜は青虫クンが食って網状の葉っぱ
キャベツも青虫クンの大好物
今夜はすがすがしい土の香りをいただこう
農薬なし　耕運機なしの　菜園はいそがし　いそがし
たえず雑草クンを引っこぬかなきゃあ

そろそろ初夏のたまねぎの苗を植えなきゃあ
みみずクンが這いだした
蝶々さんも舞い始めた

さくら茶

あしひきの　山桜花　日並べて
かく咲きたらば　いと恋ひめやも※

はるが来て
陽が射し
土がぬくもり
水が動き
生きものが恋しあい

さくら茶に
白湯をそそぐ
ぱあと八重のさくらが
お碗のなかに咲く

八重桜を梅酢と塩漬けしたさくら茶
めでたい日
あでやかなさくらのはなびらを
明るい春の陽をあびていただく

さくらはにおう乙女の美しさ
さくらは豊作の瑞兆（まえぶれ）
さくらはいのちの輝き

※万葉集（巻八）山部赤人

ふきのとう

雪どけの沢に
古家の裏庭に
ふきのとうが顔をのぞかせた
もえぎいろの柔い生きものに
春の陽がかすかにそそぐ
冬眠からさめた熊たちの
はじめての食膳とか

ふきのとうをいただく
どこかいたいけで
傷つけやすく
青春のほろにがさ
未来への精気にみちた

春の女神へのお饗《あ》え

蕨（わらび）行

お伊勢参りの街道をゆく　奈良榛原《はいばら》の朽ちた宿場跡を過
ぎると　道が狭くなってきた　陽の差す谷側にわらびが
いっぱい　歩きながら摘む　わらびは痩せた地にそだつ
姥捨て伝説によると捨てられた老人の残りの命をつない
だのはわらびだった　中国周の時代　俗世を嫌って山に
入りわらびのみを食べ節をまもって餓死した聖人がいた
わらびは海の幸ふぐと並ぶ山の幸　珍味だと食通　魯山
人※は言う　わらびを調理する　重曹をふりかけ熱湯をそ
そいで一晩浸す　青いきれいなアク　濃い出し汁でそっ
と煮る　じくは歯ごたえよく　噛むとぬめぬめして腐植
土の香り　清い味か　哀しい味か　初夏の地力をいただ
いて街道をゆく

※魯山人　北大路魯山人（ろさんじん）・料理研究家、陶芸家

道草食いながら

小学校の帰り道
ズックのかばんをほうりなげ
みっちゃんととっくみあって
ごろん　ごろん
れんげ畑に転がりこんだ
つーんと甘い蜜の香り
ひいやりしたピンクのじゅうたんに
仰向けに寝ころんだ
蜂やてんとう虫もともだちさ
五月の青い空
ほっこり白い雲に乗って
るんるん
夢を追っかけるんだ

すかんぽ（イタドリ）

ガッコの帰りに
みちくさして
土手のすかんぽ
すぱ　すぱ　折ってしがんだ※
ちょっと酸っぱいけど
汗かいてるから
すうっとしておいしいわ
おなかも減ってるし
ひとふし　ふたふし
かじってしまおっと
あおいしずくも　のみこもお
もうすぐ田植えのてったいや※
蛍が飛んだら竹箒もって採りにいこ

※しがむ　噛みしゃぶる

てったい　手伝い

藤娘

皐月《さつき》　いちめんのみどり
樹々によりかかりからまり天にのびゆくふじ
ひときわ目につくうすむらさきの優雅さ
花房だらり垂れる藤娘
妖艶な香りに息もつまりそう

からまれた樹は
しめつけられて
やがてこうふくな死をとげる

わたし　悪女になって
やわらかいふじの新緑を食う

生きている野菜

台所の野菜かごがかすかにゆれている

さつまいもさん　芽が出てきて
　もう青いつるがのびてきた
だいこんさん　切りくちから芽が出てきた
　ギザギザ葉っぱ　はやいなあ
たまねぎさん　やせてスマートになった
　ひげが伸び　もえぎ色した茎が出てきた
にんじんさん　赤い顔して
　青いスカートはいてきたよ
ごぼうさん　黒くひきしまった長身
　やわらかくしわしわになってうす緑の葉っぱの剣
じゃがいもさん　ぶつぶつにきびみたいな芽

おっとこれは毒だ　あぶねえぜ

みんなうたうよ　陽がほしい
みんなうたうよ　土がこいしい
みんなもぞもぞ　水がのみたーい
みんなみんな　うごめいている
　　　　　　　生きているんだ

むかし　寒冷地のいなかの家には
納屋の片隅に野菜貯蔵の穴倉があった
冬の間　野菜たちはここでうたっていた

II

食うていかれへん

太郎次郎三郎
わたしには三人の孫がいる
孫バカの媼は宣言する

ごはんの大好きな太郎には農業
なんちゅうても瑞穂《みずほ》のくに
米さえあれば生きてゆける
魚をおっかけるのに熱中する次郎には漁業がおススメ
なんちゅうても海に囲まれたくに
さしみ　ひもの　貝　よだれのでそうな海幸のおいしさ
山登りの得意な三郎は山の仕事がよろし
国土の七割は山ですやろ
木の家　木の道具　木の香りにほっとしますわ

三人の子の母は不満顔
オカアサン　それは困りますわ
農業はしんどうて　安い外国米におされて
米作りでは食うていかれしまへん
海はプラスチックと原発の汚染水で
このままいけば死の海で
漁師は食うていかれしまへん
山はこの前の台風で植林の山は崖崩れ　倒木が渓を埋め
おまけに安い外材で　林業では食うていかれしまへん
オカアサン　よけいなこと言わんといてください

海幸　山幸　土の幸
食うてよし　住んでよしのこの国で
食うていかれへん　とは
不思議な国ニッポン

最後の料理

こんぶとたけのこの佃煮
姉の最後の手料理をわたしは今食べている
甘みといい　辛さといい
コリコリ歯ごたえのよさといい完璧だ
口にひろがってくる旨み
　姉さん　美味しいのはしいたけとこんぶ出しのせいなの
と聞くが　ふうん　とうなずくだけ
ことしも伊賀のたけのこ　たくさんもらったから
　保存食にしたの？
と続けるが　うつろな表情の姉
今は　包丁を使ったり煮ることもできなくなった姉
家のトイレの位置さえわからなくなった姉
半年前には　帰省した息子や娘夫婦や

孫たち総勢八人の料理を一手にひきうけ
ぶりの昆布巻やローストビーフで喜ばれていたのに

ガンの告知が引き金になったのだろうか
しっかりものの姉の前頭葉は壊れてゆく
俳句をたしなんでいたあなた
裏庭のほととぎすの声聞こえますか

〈初出二〇〇九年〉

ぺったんこ　ぺったんこ　餅搗《つ》いて

ぺったんこ　ぺったんこ　餅ついて
正月には神様にそなえる鏡餅
みんなでいただく雑煮もち
春がやってきたら桜もちにうぐいすもち
お雛祭りはヒシのもち
端午の節句はかしわもち
ぺったんこ　ぺったんこ　餅ついて
もちもち食ってちからもち
もちは長もち腹もちよろし
お米も食えなかった百姓にとって
もちはハレの日のごちそうだった
中秋の名月にはあんこ餅をそなえます
月でも兎が餅をついているからね

稲刈りのあとは大豆つぶしてくるみもち
秋にはどんぐり拾って橡《とち》もちつくる
十月亥《い》の子の日にたべる亥の子もち
暮れには柳の枝に五穀豊穣願って餅花が咲く
ぺったんこ　ぺったんこ　餅ついて
つらいときには棚からぼたもちを待ちます
あわてて尻もちついたりして
浮気な男にやきもちやいて
餅に明け暮れて
もちろん今年も餅を食う

始末《しまつ》！始末せなあかん

祖母に言われたなつかしいコトバ　始末せなあかん
倹約　けち　吝嗇（りんしょく）無駄をはぶけという大阪町人の処世術
江戸時代　大阪の町人を描いた井原西鶴さん
『日本永代蔵』や『世間胸算用』で描かれた金持ちになるための教訓だ
「火事見舞いにいくときも　腹がへらないようにゆっくり歩いた分限者(金持ち)」
「一生のうち、絹物は一着、ころんでもつまずいた所で火打石を袂に入れた男」
「客が来たら　すり鉢の擦る音で御馳走を食べた気にさせる男」等等

ところで時は二〇一九年
値上がりラッシュ　給料は上がらず年金は下がる
めったまのとび出るほどの健康保険料
暑い夏には　公民館やホールで冷をとろう
もよおしたら、駅や公共の施設のトイレに駆け込もう

これで電気代　水道代をばっちり始末しよ
本や新聞は図書館で間にあわせよう
東にスーパーの安売りがあれば走り
西に安売り衣料の店の開店と聞けば飛びつき
午後七時のお惣菜コーナーの半額セールの戦場ですばやく手を伸ばす
消費税一割のもとをとらねばと始末の知恵をしぼる
かたや　高級官僚や政治家の接待の豪華さ　兵器のバク買い

なんだかせつなくなってきた

今夜は
玄米と豆腐のみそしるとアジの干物
家庭菜園のキュウリと茄子の浅漬け
分限者にはなれそうにないが
これでよしとするか

男子厨房にはいるべし

その一

定年後の離婚がふえている　亭主殿は朝からなにをしようか　ぼんやり半日家にいる　昼には食卓にはしを置いて女房殿のランチを待っている　女房殿　いそいそダンスや手芸の趣味の会にでかける　どこへいくんや　だれと行くんやの質問攻め　夕方　亭主殿は食卓に茶碗と皿を前に女房殿の帰りを待っている　待ちかねてスーパーについていくこともある　女房殿は不満である　わたしには定年がないの　朝昼晩の食事の世話に掃除洗濯　しんどくなったわ　自分のこと　自分でしてよ　わたしの外出口うるさく干渉するし　私は夫源病　とうとう女房殿から三下り半　亭主殿はわけがわからない　俺の稼ぎでやしなってきたのに　俺のどこが悪いんや

その二

俺の老後の世話は女房殿にしてもらおう　俺より一日でも早く死ぬなと　五歳下の嫁をもらったのだが　順不同で女房殿は先に逝ってしまった　ごみ出し以外お茶も淹れたことのない亭主殿は　毎日コンビニ弁当と牛丼屋男やもめに蛆がわくどころではない　高血圧に糖尿病まもなく認知症もやってくる

その三

男やもめに花が咲いた　男は厨房にはいることにした朝は具だくさんの味噌汁と納豆　昼間はボランティアに趣味の会　コーラス花栽培麻雀ゴルフなんでもござれガールフレンドもできた　自分のことは自分でする　女房殿にたよらない　好きなことを自由にする　女房殿にも束縛されない　そんな自立したすてきな男たち

カレー物語

東京「新宿中村屋」でカリーを食べる（カレーではないのだ）
〝恋と革命のカリー〟というメニューの文句に惹かれてだ
インド独立の志士ラス・ビハリ・ボースを匿った中村屋相馬夫妻
ボースはお礼にインドカリーを教え
昭和二年以来カリーは中村屋の看板商品となった
女将相馬黒光の肝っ玉がスパイス
娘俊子のボースへの恋もキュートなスパイス
「新宿中村屋」地下二階食堂はカリーの匂いみちている

敗戦直前二十歳になったばかりの兄を
特攻で亡くした八十歳の友から
旭日旗のマークの箱入りの海軍兵学校のカレーをもらった
江田島の海軍兵学校の同期会出席のみやげだった
エリート軍人用のカレーの味はあこがれの的だったとか

カレーが出陣兵の最後の晩餐だったかもしれない
わたしはおもむろに口に運ぶ
どっぷりと重い
特攻青年兵のまだ知らなかった
人生の甘さも辛さも煮詰まっているよう

わたしの孫はダンゴ3兄弟　カレーが大好き
父母の残業の夜はいそいそカレー調理
小学三年生の太郎は水中メガネをかけて
玉ねぎをみじん切りしじっくりいためる
次郎はジャガイモとニンジンをきる
四歳になったばかりの三郎はりんごを摺る
蜂蜜入りのルーで煮こむとできあがり
おかわりまたおかわり
彼らの前に革命があるのだろうか
彼らの背に戦争がありませぬように
彼らは食べる
平和のカレーを

いもたこなんきん

いもたこなんきん※
やすもんばっかし　女は好きやなあ
と大阪の男は女の好物をからかうように並べる
一昔《ひとむかし》まえのはなしであるが

地中のエキスいっぱい吸いこんだいも
強烈な夏の陽をためこんだなんきん
冬になっても　しっとり夏や秋の滋味《ビタミン》を
しっかりかかえこんで生きるなんきん
やわやわとした八本の足で
はいつくばってたくましく生きるたこ
敵にたいしてしつこく応戦する吸盤
明石の激しい海流に生息するたこ

瀬戸内が育む歯応えのよさ

いもたこなんきんの好きな女たち
まるくおおきな腰で
たくさん孕み　子育てしてきた
この国の女たち

いま
モーリタニア産の小さな湯たこを食べ
おしゃれなグラスに盛られたスイーツを
細い指でつついている

※なんきん　かぼちゃのこと

すいか　アイスキャンディ

節電の夏に

あさがおにっこりおはようさん
水やりは子どもの仕事
父さん母さんの水田の草取りは朝のうち
蝉しぐれの昼　村中の大人はひるねの時間
子どもたちは近くの川で
水浴びの歓声
おやつは
井戸水で冷えた
すいかにかぶりつく
夕刻
豆腐屋のチンチン鳴る音追いかけて
鍋さげて買いにゆく
偶《たま》のアイスキャンディは夢の味

日がかげると
庭でたらいに湯をはってもらって
汗をながす行水のここちよさ
夕食は干しエビの出し汁で食べる
ソーメンが身体にひやっこい
夕涼みはうちわでぱたぱた蚊を追いながら
床几《しょうぎ》で近所のおっちゃんの昔話を聞く
ねむくなったら
蚊帳《かや》のなかで眠る
取ってきた螢を放って夢ごこち

まもなく古希を迎える私の
なつかしい夏物語

〈二〇一二年〉

たまごかけごはん

子供のころ
風邪で寝こんだら
母さんのつくってくれたたまごかけごはん
ほかほかのできたてごはんに
たまご一コを割り　醤油をかけ　いきおいよくまぜる
ねばねばした黄身と白身がほどよく固まるとできあがり
削りかつおがあれば　さらにおいしい
たまごかけごはんは大のごちそうだった

そのころ庭の隅っこの鶏小屋で鶏を飼っていた
わたしの仕事は畑やあぜみちで菜っ葉を摘み刻むことだった
味噌汁のシジミやアサリの殻を叩き砕き
トウモロコシやニシンの粉を飼料にまぜることもある

鶏たちは庭を走り回り　虫どもをつついている
めんどりがたまごを産むとき
ちょっぴりしんどそうで目をつむり
神妙な顔してる

いまどき平飼いのたまごなんてめずらしい
ケージで大量生産され
スーパーでは十個百円で特売され　大量消費される
ビタミンD・E入りだよ　セサミン・ヨード入りだよ
過剰なサービスがかしましい
時々　鶏インフルエンザなどはやって大量殺りくされる
鶏たちの受難の時代だ

レタス

わが畑の土に
春の雨がしっとりしみこむ
芽生えたレタスの苗を植えかえる
土を掘り返すと　みみずがあわてて跳ねる
しーんと放たれる土の息を吸い込む
小さな葉っぱに油かすをあげる
レタスの子供は
春の長雨に洗われ
春の暖かい陽に育てられ
ずんずんおおきくなる
ナメクジをはらいのけたり
土をおとしたりして収穫
食卓には初夏の香りいっぱい
さくさく歯ごたえよく

レタスを食む

スーパーやコンビニの棚にならぶレタス
フリルレタスやルッコラなどのサラダ野菜
土もついてないし、虫もいない
きれいで便利な水耕野菜
人工灯で光があてられ
——最新のＬＥＤの光を浴びているのもある
養分の混ざった水を吸い
土の匂いはしない清浄野菜
すぐ食卓で食べられる切り野菜には
新鮮さを保つのにビタミン剤に漬けられているという
せり・みつば・水菜など水耕野菜はどんどん増えている

太陽や土と遠のいてゆくわたしたちの食卓

〈二〇一五年〉

参考図書　篠田節子著『ブラックボックス』

ああ　コロナ

コロナウイルスがやってきて
街をゆく人はみなマスク
店員さんや受付の人は
フェイス・シールドと防御服
沈黙と消毒付け
空想科学映画でもみているよう
頬っぺたをつねってみると　痛い

食堂ではテイクアウトが大流行《はやり》
お持ち帰りできます　のこと
マスクはずして大口あけてパクパク食べると
コロナウイルスの発散するのが怖い

ラーメンのお持ち帰りを買った
汁は冷凍　一分茹でるようにした麺
ネギも焼き豚もたっぷりとつつまれてある
丁寧な説明書きまでついて
一生懸命つくってくれたのね
と　そんな味だった
汁物　丼ものもお持ち帰りＯＫ
和風　洋風　中華風のお弁当　なんでもござれ
京の老舗仕出し屋の豪華弁当が話題になった
客足が減って　せめて場所代でも稼がねばと
倒産　廃業の嵐に立ち向かう苦肉の策
安くて　おいしいテイクアウト

お店やさんがんばってね
お店たたまないでね

〈二〇二〇年〉

おちょやんの里から

やい　われなにさらすんや※
ＮＨＫ朝ドラの人気者に躍り出て
おちょやんが理不尽な相手につっかかったように
コロナ・ウイルスにたんか切ってみたいわ
河内弁で　舌まいてね

おちょやんと私の里は
河内・大和の国境　金剛葛城山地のふもと
大和朝廷成立以前の古代文化農耕発生の先進地域である

山地に散らばる古墳の脇で
若者たちが米を収穫した
〇・七反の田んぼに三〇kg入り十俵の米ができた

やったぜ、若者の一人が古墳をかけのぼり、
頂上からばんざーいと叫んだ

田起こし・田植え　雑草とり　稲刈り　稲掛け
日曜ごとに集まって七、八人の仲間と手作業
どろんこやったけど　楽しかったぜ
農薬不使用なのに　ウンカの襲来にも負けなかったぜ
若者たちは　都会から田舎暮らしを決意した

やい　われなにさらすんや
三八パーセントの食料自給率にさらした役人にどなってみたい
農薬づけの農業　種を自由に採取伝授できない種苗法
遺伝子組み換え見逃し法
やい　われなにさらすんねん

〈二〇二〇年〉

※おい　おまえ何するんや。　われ、とは二人称のこと。

III

京の川床《ゆか》料理

京の四条
鴨川にはりだして架けられた
川床のぼんぼりが灯る
湯引き鱧の白さと梅肉の赤
加茂なすのごまみそあえ
冬瓜のあんかけ
京のおばんざいが
残暑に疲れた胃袋に
しっとりおさまる
二条の「聚楽第」の冷酒もさらによい
東山の深緑が目にやさしい
さわさわと下を流れる水音
川風が汗をさらってくれる

古都の饗宴の夕べ

吉野の鮎

春　吉野川は花筏
背びれを立て尾をくねらせピチピチ跳ね　たぎつ瀬を昇る
身は細くひきしまり　ワタはほろ苦い若鮎の味
さわやかに藻の香気立つ

夏　青垣こもれる木の下を
流れる清洌の激流にもまれた面構えけわしい成魚
胡瓜西瓜の香りをたくわえ　ほんのり脂乗る
焼鮎よし　さしみよし　ちから満ちる

秋　妹山背山色づき
吉野川から紀の川に下ってゆく落ち鮎
生殖満杯　ぎっちり孕んだ子持ち鮎

痩せたわれらの胃袋に落ちてゆく
ゆかしい吉野の季《とき》のうつろい
ともにめぐる鮎のいのち
山の神と民にささげられた贄（にえ）であった鮎
森と水の聖なる贈り物

吉野町・西田食堂の鮎料理から

人と水と魚と

かばたの村

琵琶湖西岸
高島市新旭町　針江という村
家々には　かばた（川端）といって
台所につづく半屋外の洗い場があり〝内かばた〟や〝外かばた〟があります
今も村の二百軒のうち百軒は〝かばた〟を使っています
二畳ほどの〝かばた〟には二つの水たまり
川からきれいな水が引き込まれた〝つぼいけ〟
真ん中には安曇川の伏流水がふつふつ湧き出る〝もといけ〟
残りものを食べて水をきれいにしてくれる鯉が泳いでいる〝はたいけ〟
水は飲み水・炊事や洗いものに使い分けされます
ゆうゆうとおよぐ鯉は　二十年も生きてきていて家族の一員です
上流の人は下流の人を思い水を汚しません
水は琵琶湖に流れ京や大阪の千七百万の命の水となるのです

夏はひいやりとつめたく　冬はほんのりあたたかい〝かばた〟の水
ここでは水は生水（しょうず）と呼ばれ大事につかわれ
人と魚と水のなかよしの暮らしがあるのです
村の真ん中を流れる針江大川には
夏の日　イカダに乗って遊ぶ子どもたちの歓声が響きます
小さな白い花をつけた梅花藻（ばいかも）が
流れにさわさわ揺れていました

ボクは朝一番の
美しいわき水で顔をあらいます
お母さんは
野菜を洗って切っています
お父さんが畑から
スイカをとってきて
冷やしてくれました
おばあちゃんが
おカマを洗っています

流したごはんつぶは
飼っているコイが食べてくれます

――かばた館に掛けられた書より――

茶のあじ　伊勢街道を歩く

街道第一の難所
鞍取峠（五九五ｍ）を越える
奈良県曾爾村の山粕バス停からいきなり細い道に入る
枝うち・間伐もされず放置された杉林は暗くてしめっぽい
石ころ道をうつむいてひたすら歩く
足元に咲くひとりしずかの白い花
峠を越えて坂みちを転げるように下ると
御杖村《みつえむら》桃俣《もものまた》宿
江戸時代賑わった
旅籠《はたご》の屋敷は朽ち土壁は崩れ
空き地空き家の街道の村

暮れ方今夜の宿　土屋原に着く
子供や年よりを乗せたコミュニティバスが走る

右はせ　左いせと読める欠けた道標を見つけた
ぷうんと茶の香り　身体に沁み入るほどのかぐわしさ
おもわず民家の庭に飛び込んだ
楽しそうな四人のおばさんたちの声
むしろに干した茶　青々した茶を手もみしていたのだ
朝　みんなで茶摘みし　それを蒸す　干すという作業中
羨ましそうな私に
これ持ってかえりや　炒って飲みや
とひとつつみくださった
その夜　宿まつやでいれてもらった茶
旅のつかれをふっとばすさわやかさ
山国の根っこの味わいだ
宿の女将お手製の
山ぶきと若竹の煮物もうれしい旅のごちそう
檜や杉の美林にかこまれた土屋原の夜
村を流れる河原からはかじかの鳴き声
今夜は深く眠れそう

〈二〇一四年〉

森は海の恋人　畠山重篤さんのこと

宮城県気仙沼
唐桑半島の内海　舞根湾
波うつ音もないおだやかな春の海
ホタテや牡蠣の養殖筏に安らう海ねこたち
広葉樹林のふかふかの腐葉土の下を
伝い流れ出た雪代水が湾奥から大川などを伝い
海に滴り落ち　春の陽光に育てられた
豊饒の海のさやかな磯の香り
長靴はいたおばさんたちの
牡蠣をたたき剥がす作業の音

一九六五年ころ　赤潮のために白い牡蠣が赤くなり
築地の魚市場からクレームがきた
舞根湾で牡蠣を育てていた畠山重篤さんは

少年のころからの漁師の体験と自ら学んだ科学的な知識から
牡蠣を育てるには海水プランクトンの豊かな海が要る
一九八九年大川の上流の室根山に木を植える運動をはじめた
地域の住民、学生や子供たちをまきこんで
コナラやクヌギの柞（ははそ）森を再生した
地元の歌人の歌から生まれたキャッチフレーズは
森は海の恋人

畠山さんが引き揚げて下さった牡蠣を食べる
つるるん　白と黒との鮮やかなふっくらさんを
海水ごと飲み込む
口にひろがる森の清冽な香り
こりこり噛むとじんわり滲みてくるものがある
人と食物がとけあい光り合うもの
わたしは森になり蒼い海になる

〈二〇〇七年〉

参考図書　畠山重篤著『森は海の恋人』　畠山さんの養殖場は2011年3月11日の東日本大震災の津波にやられたが、今は息子さんたちが再生された。

シジミと縄文人

ちょっと飲みすぎた
その翌朝は　シジミ汁を飲む
昆布と塩味だけで　大粒のシジミを煮る
淡く白濁したシジミ汁は　まったり胃袋におさまる
北前船の寄港地で栄えた古いひっそりした港町
青森県の十三湖から送られてきたヤマトシジミ
海水と川のまじりあった汽水に育った生きものの
豊饒なエッセンス　水の贈りものをいただく

泥を吐かせ冷凍して大阪のわたしに送ってくれた
新岡シジミ店の奥さんは語る
　塩分が強すぎても、雨水が多すぎても味が落ちます
　海に近い貝はつややかな黒

海から離れるとうす茶色です
北国の春　雪解けの四月から　紅葉あざやかな十月まで
シジミ業者はきめられたところで採るんです
小さい粒は湖にかえして放ちます

日本海に面した潟湖の周辺には
六千年前からヤマトシジミを食べてきた
貝塚からどっさり重なって出てきたヤマトシジミ
大粒なのは採り尽くさないよう資源管理していたからだという
縄文土器からひとの強靭な生命の意志をみる
土偶からひとの敬虔な自然神への畏れを知る
今日のシジミは黒々とした大粒のシジミ
縄文人の食したヤマトシジミ
わたしの身体にうごめくものがある

沖縄で豆腐を食べる

一八三二年に著された琉球食療法の指導書『御膳本草』によると
豆腐は「中をゆるくし　気を益し　脾胃を和合し脹満を消す
大腸の濁を下し　熱をさまし　ふる血を散らす効がある」と

島豆腐を食べる
ふあふあつぶした湯気立つ豆のあじと青い海のあじ
がっちりと固く生きる沖縄人の意志をさえ感じてしまう
豆乳の状態にニガリを入れて煮詰め　型にとり
重しをして熱いうちに売りだす　水晒しをしないという沖縄独自の製法
柳田国男は大正時代の見聞録に表している
「買う家の数よりも多くは無いかと思ふ程どこの家でも豆腐を造つて売つて居る」
「がっちりした野武士の如き剛健なる豆腐　華麗繊細なる都の絹漉どもをして
面を伏せ気萎えしむる豆腐」と称賛している

那覇・国際通りの居酒屋に入る
凝固するまえの豆腐を掬いとってだし汁に入れた
ゆし豆腐は海風に冷えたわたしの体をほかほかぬくめてくれた
落花生のジーマミー豆腐はねっとりしっとりあまやかだ
なんといってもわたしの好みは豆腐よう
島豆腐を泡盛に漬け　発酵させた米麹や紅麹を加え擦ってドロリとさせ
三カ月から半年も熟成させたもの
島の女神のうす桃色の深奥さ
ふんわり口中にひろがるまろやかで芳醇なかおり
泡盛にぴったりの珍味

豊饒の美《ちゅ》らのくに沖縄
武器を持たず平和な守礼の邦であった琉球
清い山原《やんばる》と碧い海が汚されてしまった受難の島沖縄の
ちょっぴり苦い島豆腐

水の記憶　越後村上三面川《みおもてがわ》に帰ってきた鮭

北越　師走の村上市
朝日連峰は冠雪し白く輝いている
冷たく澄んだ三面川を鮭の群れが上る　上る
尾ひれをくねらせ　流れに逆らって渾身の力をふりしぼり
ときおりみずしぶきあげてジャンプする

川幅いっぱいに設けられた柵でせきとめられて
江戸時代から続く居繰り網漁《いぐりあみりょう》で捕獲された鮭たち
河原に手繰りよせられた網にからまり
体長七十cm四kgもの巨体がのたうち撥ねる
すぐにこん棒で頭をなぐられうごかなくなった
ふっくらと柔らかい体つき　やさしい顔をしたメス
とがった顎　歯をむきだして精悍な表情のオス
雌雄とも　うきあがった紅い婚姻色がなまめかしい

産卵を終えやつれて細くしぼんだ〝ばば〟(と漁師がいう)
一匹のメスから三千の黄金色の腹子《はらこ》がとりだされ
オスの精子がかけられ　人工孵化され稚魚に成育される

人工の柵を越え三面川の上流へと遡上した幸運な鮭
メスは尾ひれで穴をほり産卵場をつくり　オスは他の魚からガードする
好いたどうしのペアは体をふるわせよりそって産卵し　受精させる
やがて雌雄は力つき命果て　白い姿して流れに浮かぶ
荘厳な生と死のドラマだ

四年前　山麓のブナやミズナラの芽が萌えるころ
雪解け水の三面川を下り　日本海に出た稚魚たち
北太平洋・オホーツク海・ベーリング海　などというはるかな海の
数千キロの旅を終え　ふるさとの母川に帰りついたもの三%
旅立ち前に泳いだタブノキ林の河口の水の匂い
水の記憶にひきよせられて

〈二〇〇八年〉

参考図書　横川健著『三面川の鮭』

海のみちの食膳

壱岐・対馬の旅

壱岐・対馬・五島の島を訪ねた
古代　島々を伝う朝鮮や中国への海のみちがあった
時に船や人を呑みこんできた荒波
屹立する岩礁　くだける白波
夜の海に燃えていた漁火《いさりび》
私たち旅人の食膳には
ぷりぷりいきいきの魚たち
イカ　マグロ　ブリ　ヒラマサの
ほどよい脂身と甘さ
海女たちのもぐってとらえた
サザエやアワビのいきのよさ
縄文や弥生の窯で蒸し焼きしたのと同じ磯の香りだ
冷凍の味に慣れた二十一世紀人の舌に転がる贅の味

石英石を熱し新鮮な魚介を焼いた対馬の郷土料理があった
寒風に吹きさらされた漁師たちの暖をとるためのものだった
対馬の厳原《いずはら》という朝鮮通信使や元寇の港では
ロクベエという郷土料理が女将の自慢の口上つきで出された
さつまいもとその茎を粉にして半年寝かせた手間暇かけたもの
うどんのねばりか　こんにゃくの色と舌ざわりか
米の作れぬ島の民の飢えた腹のごちそうだったという
だが食に驕れた旅人にとって美味には程遠い素朴な珍品でしかなかった

対馬の烏帽子岳からうっすらと釜山あたりが見えた
コロナウイルス騒ぎで四十万人の韓国旅行客の絶えた民宿がさびしい

〈二〇二〇年〉

冬瓜《とうがん》の思い出　中国の旅から

南京から武漢へと長江（揚子江）をさかのぼる船旅だった　広州の大学に留学中の息子とともに二十日かけて中国を旅した　大陸の夏は厳しい　男たちは　上半身　裸でスイカにかぶりついていた　私は杭州で買った薄いシルクのシャツに短パン
茶褐色のとうとうと流れる大河長江　はるかな岸辺　行き交う小舟　人と荷で満杯の船
港につくたび　バケツに棹さし　突堤から食物を売りに来る　船の地下食堂で昼食を食べる　ごはんにぶっかけたあつあつの冬瓜　汗かき　ふうふう息かけて　がつがつ食べる人々　私たちも塩味のきいた冬瓜どんぶりで空腹を満たす　漢方では　消炎・利尿に薬効があるとか
冬瓜が一番安価なメニューだった

「食は広州にあり」　広州ではなんでも食べた　食堂の入口には　鶏　アヒル　鳥類　蛇　蛙……がいる　指させば　即　調理してくれる　でも高級な店には冬瓜どんぶりはなかった

秋の夜長
とろとろとろとろ
濃いカツオとシイタケ出しで冬瓜を煮こむ
海老やほたて貝を入れるとちょっぴり京の料亭の味
味がしみると吉野葛でとろみをつける
とろとろとろとろ
冬瓜の思い出が舌をすべる
あの大陸の旅から二十余年経った
クーラーも冷蔵庫もない大陸の酷暑を
たくましく生きるかの国人民の
冬瓜の味

パリの味

アルル・ニース
コートダジュールへ
リヨン駅からバカンスの旅
フランス国鉄ＳＮＣＦや新幹線ＴＧＶが
太陽と遊ぶパリのひとびとを乗せて発着する
わたしたちジャポネはリヨン駅をみおろす
Le《ル》　Train《トラン》　Bleu《ブルー》で昼食
壁や天井に描かれた美しい四十一の南仏避暑地の風景
金色の彫刻や輝くシャンデリアは
一九〇〇年の開業以来　旅人の感嘆や憂愁をみつめてきた
東洋のおのぼりさんは芳醇なワインに頬を染め
かいがいしく動くハンサムなウエイターに見ほれる
前菜のエスカルゴと鱸と鯛の煮込みを注文

にんにく・パセリ・オリーブをつめこんだあつあつのエスカルゴを
こりこりとパリの旅情といっしょにほうりこむ
コーヒーの味はルノワールの絵のよう
パリのきゅうり・ピーマン・トマトは瑞々《みずみず》しい
パンは歯ごたえある素朴な味でたのもしい
さすが農業国フランス　食糧自給率百％だものと納得する
いい気分で地下鉄一号線に乗って
アコーディオン弾きのおじさんの音色にうかれ
痩せっぽちの少女に囲まれたりして
地上にあがって気が付いた
パリ名物少女スリ団にしてやられたと
ああパリはおいしい街
悪の華の味がする

IV

たかべ　みそ汁　元気がよい

二月四日
ここ　富田林市立高辺台小学校
朝日さしかかりキラリ光る中庭池の薄氷
プゥーンとみそ汁の香りただよう
午前七時四十分
一番乗りは三年生のタカハシさん
持参のお椀をさしだす
おはよう　おはよう
立ち並ぶ地域のおじさんおばさんから威勢よい掛け声
白いコック姿の料理長校長さんもはりきっている
今朝は近くの大学生の兄ちゃん姉ちゃんもお手伝い
ピンクのエプロン姿のおばさんがあつあつのみそ汁を入れてくれる
　今日のみそ汁
三年生が作った白みそ　ほんのり甘いよ

学校の教材菜園でできた白菜
わかめ人参京揚げ　コリコリしめじも入っている
ネギは三丁目の北浦さんちの畑から
水は鈴鹿山麓の天然水でまろやかだよ
おだしはかつおとこんぶの本格派だ
おっと　隠し味はおじさんおばさんのホットな思い

午前八時
白い息吐いてぞくぞく登校してくる二百二十人の子どもたち
トースト・牛乳をあわててかきこんできた子も　三杯四杯のおかわり
ここでは野菜嫌いの子どもはいない
奥村英雄氏の提唱で始まった　たかべみそ汁会※
みそ汁食べて
ほかほかほっこりぬくもって
うつむいていた顔あげて
縄跳びする女の子
グラウンド駆けっこする男の子
立春の空は透明の青

〈二〇一〇年〉

※二年後奥村英雄氏逝去、子供たちの千羽鶴に送られて。

鰯の摘みれ団子　　男女共修家庭科実習

頭をとる
ハラワタをひっこぬく
どうしよう血ィでてくるぅ
指をつっこんで背骨をはがす
力いれすぎて指が背をつきぬけた
まるごとの魚の調理は初体験
真剣なまなざしで
手開きされた鰯数匹
包丁で細かくきざみ
とんとんたたく
すり鉢で摺る
十七歳のちからいっぱいすりこむから
すぐに粘りがでてくる
ていねいにスプーンに詰め込み

まんまるくまるめ
勢いよく煮えた野菜の鍋にほうりこむ
赤だしみそをいれて
摘みれ団子汁はできあがり
流行のチェックや迷彩色の手作りの割烹着着て
おしゃれなバンダナをきりりひきしめ
男女五人のグループはかいがいしく動く
アクをとりましたか　みそは最後ですよ
先生の声が飛んでいました
ぼくら男女共修十年目
料理上手な男の子は
よくもてる

〈二〇〇七年〉

府立狭山高校で家庭科実習を見学しました。担当の杉山先生と丸田先生の言「魚をまるごと調理させてみたかった。日本の伝統食である〝すりみ〟をつくる体験をさせたかった。〝すりみ〟はハレの食文化です。」

真福院の和尚さん　九四歳

三重県と奈良県の国境
伊勢本街道沿いの山深く
桜の名所　三多気《たき》　三重四国第七十一番札所
真福院住職　松本大和上は九四歳※
名だたる梵字（サンスクリット）研究家
今日も車で麓の駅まで急坂を下り　京の東寺まで教えに行かれる
石上露子親子の晩年を聞きとりに　私は和尚さんに会いにゆく

和尚さん　和尚さん　山寺ではご不自由なことでしょ
旬の鮎の塩焼きでも持ってうかがいましょ
いやいや　わしはじゃこ以外の魚はたべまへん
お年寄りにも肉は必要とか　近くのおいしい伊賀肉を持ってまいりましょ
いやいや　わしは肉など食ったことありまへん

若いころ過ごされた南河内の老舗柏屋のなつかしの和菓子などいかがでしょ
いやいや　わしは供えもんの菓子ちびっといただくだけ
それじゃあ和尚さん　いったいなに食べていなさるか
山寺のかすみでも食っておられるか
時々迷い込むイノシシ汁をひそかにか
いやいや　下の村の百姓たちのくれる米と採りたての野菜
野菜はサラダにしてドレッシングかけてね
毎日野菜ジュースと甘味の酢ジュースは欠かさないがね
年寄は少食　これで十分ですわい

住職は寺の本尊の蔵王権現のように
快活で軽やかに動かれる
今も毎日、読書執筆は欠かさないとか
ふうふうゆうて　山寺に登ってきた我ら七十代
桜と和尚の精気につつまれる

〈二〇一七年〉

※松本俊彰和上は、若い頃高貴寺に学僧としておられた。二〇二〇年に逝去

三輪そうめん

映画「万引き家族」の一シーン
貧しいけど愛しあっている男と女は
クーラーのない部屋でそうめんを食う
こう暑いと御飯もパンも喉元通らない
元祖そうめん発祥の地　奈良三輪の里でそうめんを食う
つるつるつるる　極細の白いこしのある三輪そうめんが胃袋にすべりこむ
つるつるつるる　盆地の蒸し暑さを鎮めてくれる

お店の真ん前にどっかり居すわる巨大な箸墓古墳がある　墓の主ヤマト
トトモモソヒメは夜毎通うてくる男の正体が知りたくて男の着物の裾に
赤い糸を結びつけたそうな　白いそうめんだったかも　と伝承を楽しむ
なんでも山本惣兵衛さんという人が一七一七年享保の時代　美味しいそうめん
をつくりあげ　お伊勢参りの旅人が全国に評判を広げたそうな

十一月から三月に寒い冬のそうめんつくり
小麦を塩水でこね　三六時間かけて
大きな生地から帯状に　つづいて棒状に　そこに綿実油を塗り
熟成をくりかえし　伸ばし　どんどん細くしてゆく
できあがったそうめんは蔵で二度の梅雨を越し
――厄を超すといいます
味の良い「ひねもの」をつくる
底冷えのする寒さや　天日干しする太陽や
高温多湿の梅雨　ミネラルいっぱいの地下水など
三輪山麓の気候に沿うた製造法と
熟練素麺師の丹念な技がつくりだす
妙なるそうめん

即席の　添加物まみれの
大量生産　大量消費の食糧の時代に
古人の知恵が生きている
そうめん

奈良の醤油屋さん※

暖簾をくぐると
ぷうんと醤油のかおり
祖母の台所のなつかしい香りが
身体に沁みてきて心地良い

店の奥に巨大な杉の木桶
直径一・五m　深さ二m
吉野の大杉の風格
百年の滋味が染みている

木桶にはもろみ
奈良産の蒸した大豆と
煎って砕いた小麦と麹菌を混ぜ
土地の清水の塩水にひたして三日間

木桶に移されたもろみは蔵人（多くは店主）が週に三回
重い櫂でかきまぜて発酵をたすけてあげる
子供の成長を助ける親のようなやさしい顔して発酵を待つ
ぷくぷく息づいた声は蔵にひびく

木桶で一年以上かけての熟成ののち
もろみは布袋に詰めしぼられる
赤みをおびたじんわり発酵大豆の味する
生きている醤油

木桶や蔵の柱　梁　天井にすみついている蔵付き酵母は
何代もつづいて醤油に風味を添えてきた
奈良には古い街道沿いの醤油屋さん二十三軒
青垣山の木や水と穏やかな蔵人さんの
生みだした極上のお味

※奈良県御所市森脇の片上醤油に取材しました。

夫婦善哉《めおとぜんざい》

大阪は南
難波の千日前・道頓堀辺りを歩く
おでん―関西では関東煮《かんとだき》といった
串かつ　たこやき　の店が並ぶ
一流ホテルの高級料理とは無縁の
「…うまいもんは何といっても南に限る」
と織田作之助推薦の大衆料理である
小説に紹介された「出雲屋」のまむし「たこ梅」のたこ
「自由軒」の玉子入りライスカレーは
今も暖簾を守っている
昨今は旅行業者が旗立てて
台湾や韓国の観光客を案内している
道頓堀川にかかる相合橋では

お上りさんも交じってパチリ記念撮影
庶民的で混沌とした極彩色の街は
香港や釜山の街にどこか似ている
法善寺横丁の水掛け不動さんは長年の水掛けで青い苔むす不動
「夫婦善哉」の店にゆく
赤い提灯とお多福《たふく》の招き人形がほっこり迎えてくれる
小ぶりの塗椀のぜんざい
ほどよく煮られた大納言あずきのなかにちょこんと白玉がひとつ
夫婦のように二椀でワンセット
小説『夫婦善哉』のラストシーンで
柳吉は「一杯山盛にするよりちょっとずつ二杯にする方が沢山《ぎょうさん》はいって
るように見えるやろそこをうまいこと考えよったのや」と商人風解釈
蝶子は「一人より女夫《めおと》の方が良えいうことでっしゃろ」
性懲りもなく　ぐうたら亭主に尽くしに尽くす
惚れっぽくてたくましい大阪の女
夫婦善哉はあまーく　どこかせつない味
疲れた街歩きをいやしてくれる

〈二〇一三年〉

海老いも　河内産

大阪南部を南北にながれる石川の東
わたしのふる里　西板持という古い集落がある
師走にはいると特産物の海老いもが掘り出される
海老のようにくねった二〇センチほどの芋
ふっくらした天平美人の白い肌のような
なめらかでしっとりした舌ざわり
味がいいので高級料亭に買いあげられる
棒鱈と炊いた「いもぼう」は京の味
「いもぼう」の店は　松本清張や川端康成の小説に登場する

四月末に芽だしした種いもを植え付ける
土を鋤き藁をいれやわらかくする
肥料はマコやワタミカスの有機のものしか使わない

化学肥料は味がおちるという
炎天の夏は石川から引いたハダ水（畝と畝の間の水）を絶やさない
子育てのように　やさしく労力をおしまず育てあげる

石川は強固な堤防ができるまでは洪水をくりかえす暴れ川だった
洪水が海老いもの生育にふさわしい豊饒の砂土をつくりだしたわけだ
自然は脅威であり　慈恵でもあった
内も外も悩ましきこと多きこの年の暮れ
わたしは幼馴染の平田クンの作ってくれた海老イモをそっと一口
天恵と友に感謝しつついただく

大地は生命　生命は大地

河内の百姓　久門太郎兵衛《きゅうもんたろべい》のこと

葛城山麓　標高三百メートル
眼下には大阪湾や淡路島
南河内郡河南町持尾《もちお》
急勾配の傾斜地の山里
村人ははるか下の平坦な水田に耕作しに通う
持尾の里には四十軒ほどの民家が点在する
青年久門太郎兵衛さんはこの狭隘な山村で生きねばならなかった
日本一の百姓になろうと
立体農業・自然循環農法なるものを学んだ
敗戦後　日本の農家に大挙して農薬が参入してきた
ホリドール・2・4・Dはミミズやカエル・蛇も一ころ
百姓の手足はずるずるむけた
こりゃあかん　昭和二八年から太郎兵衛さんいち早く農薬を見限り

伝来の農業に転換した
自然のことは自然に聴こうと自然の生態系に学び　有機土壌を保護する
村の雑木林にクヌギを植え炭を焼いた
みかんや果樹で生計をたてようと村人を説得する
梅・桃・さくら・つつじ・笹百合の花木で山ははなやぐ
鶏を飼い　鶏糞は完熟させ　土を豊かにする
谷間にはネギ・ほうれん草・大根などの季節の野菜のみずみずしさ
ミツバチを招き　鳥たちが歌い　生命が躍動する
農場のど真ん中には胡桃の大木が大将のようにでんと見守る
自立する百姓と安全な食料を求める消費者との連携も欠かさない
環境汚染や営利本位のシステムへの実践的な説得あるたたかい
大地は生命　生命は大地　というのが太郎兵衛さんの信条
今も　里山倶楽部の炭窯がもくもくと煙を吐きだしている

参考図書　久門太郎兵衛述　大畑京子・三浦和彦 編著『生涯百姓』

金剛山

大阪南東部　大和河内の国境に位置する金剛山
標高一一二五メートル　山頂はブナの森
灰色まだらの大木には金色の葉っぱが輝いている
小鳥たちは赤やブルーの実をついばみ
りす　うさぎ　穴熊たちは　はじけた栗をかじる
木々たちの溜めていた命の水は
ちろちろ　さわさわと音色を奏でつつ沢となり
登山者の渇きをうるおす

植林された杉や檜のりんとした木々たちのはざまを登るのは
六十代七十代のおじさんおばさんたち
粋なバンダナ　チェックのシャツ姿が　ミヤマザサかきわけて
その昔　鎌倉北条軍を悩ませた急峻もなんのその

楠木正成の末裔よろしく　息もつかず登頂する
金剛錬成会の回を重ねて登る人　その数一日にして六百人
腰痛　糖尿病　高血圧　虚弱体質も吹っ飛んでしまう
役行者の修行あとの転法輪寺の広場に腰掛け
楽しい昼食はおにぎりほおばり　鍋囲み
缶ビール　コーヒー　フルーツ　持参したものを分けあい
みんなにっこり山ともだち　至福の宴に山頂はにぎやかだ

ああ金剛山は熟年登山者の山
山に登れば　一に健康　二にともだち
三に四季の美しい金剛山
春は　かたくり　ほこばすみれ　の愛らしさにほほ笑み
夏は　くりんそう　ささゆり　しゃくなげ　花の精たちに賛嘆し
秋は　とりかぶと　つりふねそう　紅葉　黄葉に身を赤くそめ
冬は　樹氷　霧氷　青い常緑樹にかかる雪の崇高さにふるいたつ
季節の移ろいに身を委ね
鳥たちと空をとび　風になる

〈二〇〇六年〉

V

棚田の風景

金剛葛城山地の大和側山麓
青々と東に広がる六月の棚田
神々の森から落ちてくる水
ドドーン　シュワシュワ　ルリルリ
水は変化の音を奏でて急斜面の水路を走る
泥田の魚を啄むコサギやトビたち
原初の声を響かせる蛙の合唱
溜池のわきのクヌギの樹液に群がる昆虫たち
やがて飛行するオニヤンマの目に映る白い稲の花

眼下にけぶる大和三山
南郷地区に掘りかえされた弥生遺跡の瓶（かめ）や甑（こしき）
大和朝廷と対抗した葛城氏の神殿らしき跡も発掘された

水田耕作は二千年・三千年の昔から続く人々の汗と知恵の滴り
天の水と人為とのみごとなまぐわい

米を食べなくなった子どもたち
穀類自給率が四割を切って久しいこの国
放置され崩れて行く棚田
たえず降り注ぐ水をせきとめていた棚田から
水はどこへ流れてゆくのだろう
赤くそめられた棚田の夕照に
希望の風が吹かないか

鈴虫とかつおぶし

鈴虫が鳴く
リンリンリンリーン
鈴をころがしたようだわ
水琴窟に落ちる水音
若い娘の歌うアリア
たくさんの命をひっさらっていった
台風の豪雨の夜を鳴く

毎日せっせと
きゅうりと茄子を串刺ししてあげる
土が乾かないように
しゅっしゅっ　居ごこちいいでしょうと
霧吹きかけてあげる

卵を生むメスのために
かつおぶしも絶やさない
たんぱく質が欠けると
メスはオスを
食ってしまう

鈴虫が鳴く
リンリンリンリーン
はねをピンと立てふるわせ
美しく奏でるオス
しのびよるメス

食うか食われるか
すさまじい生存の
みやび音

地主（石上露子《いそのかみつゆこ》）の食卓

南河内随一の大地主　富田林寺内町の杉山家
総領娘露子さんは恋人との結婚をあきらめた
唇をぎゅっとかみしめて耐えた
与謝野晶子と同じ『明星』の歌人
白菊の君と呼ばれ
美貌と才能を惜しまれたが
婿を迎え地主の妻として生きた
贅沢な塗りの膳でかしずかれたが
ハイカラ好みで西洋の料理もつくった
跡取り息子は三十一歳のとき結核で死に
次男は敗戦後の農地改革に耐えきれず自死した
逆縁の非業な運命を忍んで露子さんは
一九五九年（昭和三四）七十七歳まで生きた

六年間を杉山家に寄宿した高貴寺の娘さんの話によると
晩年の露子さんは粗食だったという
麦ご飯と一汁三菜
牛肉鶏肉おさしみは一度もなかった
干物少々　カレイの煮付けがごちそうだった
七十一歳のとき脳出血でたおれたが再起した
露子さんの食事のマナーは厳しかった
食卓にべったり身を寄せてはなりませぬ
食事中はしゃべってはなりませぬ
音を立てて食べてはなりませぬ
おこうこを食べる時もです
ご飯　おかず　おしる　と交互に食べます
ご飯　ご飯　おかず　おかずと同じものを続けてはなりませぬ
小作地がなくなり　調度を売り食いする生活だが
凛とした地主の矜持に生きた食卓だった

卑弥呼《ヒミコ》の食卓

ヒミコは何を食べていたのだろう
纏向《まきむく》の宮辺りはゆらり垂れる稲穂の波
邪馬台国は稲作で定住するようになった民の
富の蓄積により成った瑞穂のクニであるから
秋には清しい米を食べていただろう
蒸したり煮たりして　高坏に盛って

ヒミコは何を食べていたのだろう
三輪山の青い円錐形の森や
巻向山や龍王山の裾野の森は宮殿近くまで伸びていたから
トチ　ドングリ　キイチゴ　アケビなどの山の幸
野にはナス　ウリ　イモ　ズイキ　ナギ（万葉集にある水葱）などから
野生のちからをいっぱいもらっていたのだろう

ヒミコは何を食べていたのだろう
走る獣　猪や鹿を追った縄文の記憶が狩りする男たちに生きていたから
獣肉や献上のタイの塩焼きやアワビの干物などが食卓に並べられた
交易の港のあった近くの初瀬川に跳ねていたウナギやアユはヒミコの好物だった
三世紀ころの日本を辿れる「魏志倭人伝」によると
「倭人」は東夷の他国の人より長寿であったという

ヒミコには「クニを治むる男弟」があり、千人の侍女を従えた巫女だった
ヒミコの食卓は海の幸山の幸でみたされ　醸した酒を飲んで神の声を聞いた
ヒミコが揺れて　太陽と水と土の神にまぐわうとき
青いガラスの管玉や勾玉がすずやかな音をたてる
女の血は汚れでなく聖なる赤い石釧であったころ※
おおらかだった原初のすべてのヒミコたち

※石釧　卑弥呼のような巫女王の埋葬した傍らから大量に出土した。
赤い血の出る貝の腕輪を模した石製品。呪術的な役割か。

参考図書『卑弥呼の食卓』金関恕監修
『考古学からみた古代の女性』近つ飛鳥博物館

食卓のキャベツ　原発に殺された

二〇一一年三月二三日・福島県産の野菜
キャベツ・ホウレン草・ブロッコリーなど葉野菜を
国は出荷停止に続いて
摂取制限の指示を出した
そのあくる朝　須賀川市の農民Aさんが自殺した
まだ早い北国の春だが
寒冷地にも育つようにと
選ばれた品質の七五〇〇株のキャベツは
青々としてもっこりした土にのっかっていた
くるりとしっかり巻いた重量感あるキャベツは
サラダやロールキャベツにして
小学校の給食の菜となるはずだった
爺さんたちもむかしの味がする

やわらかくて甘いと喜んでくれた
そんな消費者の笑顔がうれしくて
Aさんは腐葉土を入れ土を作り
二十年かけて有機栽培にこだわりつづけた
福島の野菜はもうだめだ
Aさんのつぶやいた言葉
奪われた農民の努力と誇り
生きるすべまで
原発に殺されたと遺族はいう

参考資料　二〇一一年三月二四日「朝日新聞」記事による

現地調達　餓死した英霊たち

大日本帝国の栄えある戦いに
兵士の食料補給の作戦はない
「武士は食はねど高楊枝」「糧を敵に借る」というのである
一九三七年上海から南京への功を競っての進軍の時
食料はすべて現地物資に頼った
日本軍が来るというので　慌てて逃げ出した農民たち
日本兵は　カマドあたりの米やとうもろこしを探し
庭の豚やにわとりを追いかけた
一九四四年　フィリピンのレイテ島でのこと　生き残った島民はいう
「日本兵が来てすべてを持っていった
丹精こめて作ったイモや野菜も」
当時　食料調達係だった元日本兵は言う
「五、六人で村に入り、とうもろこしをかっぱらい
住民の大事にしている水牛や豚・塩まで略奪して
偉い人（上官）の食料に充てた」

徴発という名の略奪であった
抵抗して命までうばわれた人もいて　村人はゲリラとなった
日本軍にとって住民はすべて敵となった
旧式の三八銃　対　米軍の大砲射撃と巨大な戦車
飢えた兵士　対　缶詰の食料で満ち足りたピンク色の頬した米兵
上官は　敗残兵に自活自戦　永久抗戦
弾が尽きたら肉弾で切り込めという命令を下した
飢えてさまよう兵士たちはヤドカリやイモリを生食し
アメーバ赤痢にかかり　二十　三十メートルごとに座り込み
衰弱して死んでいった
死んだ兵士の革靴を食み　死者の肉を食んだ者もいたという
死んだ日本兵の六割が餓死者だという統計がある

殺された英霊の眼窩は　いまも
ふるさとの飽食の街を
みつめている

参考図書　藤原彰著『餓死した英霊たち』　大岡昇平著『俘虜記』
NHKテレビ「レイテ決戦」二〇〇八年八月十五日放映

銃後の食卓

井上庚さんの記憶

もう何日も白いごはんたべてへん
昭和十九年十月頃
女学校三年生のうちは※
大阪城のそばの軍需工場へ勤労奉仕にいく
昼前にトイレにいくふりしてちょうりばのぞいたら
お赤飯や　お赤飯！　お赤飯！
たちまち皆に伝わって小おどりしてた
けど　赤紫色の海藻入りの雑炊やった
住吉の家へ帰る途中　天王寺の地下道通ったら
棒みたいな細い脚なげだして　ねころんでる人何人かいた
うごけへん　死んでる！
うち　こわうなって　走ってとおりぬけたんや

家に着いたら
まるいちゃぶ台にすわってるお母ちゃんとおとうと
お母ちゃんは　お玉で鍋の底の米つぶ入るように
うちら子どもの茶碗に雑炊をすくってくれはる
庭に植えてるカボチャやいも　なにやしらん青いなっぱが浮いてる
一時間並んだけど配給に魚やたまごなかってかんにんや
いものつるなんかごわごわして食いとうない　と泣き面のおとうと
兵隊さんにいってる父ちゃんのことおもたら　がまんせなあかん
ユウキュウノタイギのための戦争してんやから　と
うちは　女学校でなろたコトバでおとうとをしかりつける
お母ちゃんのええ着物だんだんなくなっていくのつらいねん
ごはんすんだら姉ちゃんたのむよ　とお母ちゃんの声
和泉の山奥の寺に集団疎開している妹に
炒り豆入りのお手玉縫ったげる
センセイに取りあげられんと
食べれるやろか

※うち　わたしのこと

いちごを食べる米兵

昭和二〇年六月一日
大阪で大空襲を終えた米軍七〇八機の編隊が奈良県大峰
山（一七一八ｍ）上空を通過　一機が突然山を轟かす大
爆音をたてて山上ヶ岳付近原生林に墜落　ボーイングＢ
29　十一名の搭乗者はパラシュートで降下　警備隊から
天川村と川上村の住民に捜索命令が出された

六月二日
川上村伯母谷区長　林業　大谷重光五十五歳は早朝、村の衆四人で
鬼畜米兵拿捕に木刀握りしめ　南西の方山上ヶ岳への険峻な坂を登る
登ることおよそ二時間　沢伝いのブッシュから大男が現れた
軍服は破れ　顔や手足は血まみれ　両手を挙げてコウサンの姿勢
先頭の武蔵は「こいつら　ようけ殺しやがって」と木刀で殴りかかったが

重光さんは「えらい傷や」と沢の清水で泥や血を洗ってやった
きれいなピンク色の若い肌があらわれた
一瞬　重光は一カ月前沖縄で戦死した息子重平二十一歳の頬を思い浮かべた
「腹減ってるやろ　これ食え」と昼飯の残りの握りめしをあたえた
若い米兵はがつがつ食べた　梅干しまで食べた
下山に四時間かかり　村の大谷家に着いた
サンキュウ　サンキュウというコトバしかわからないが男は従順だった
家の脇の畑から採った赤く熟れたいちごを男に食べさせた
男はもぐもぐ兎のように口をあけないでうまそうに食べた
へたは紙につつんでポケットにしまった
重光さんは男の行儀のよさに感心した

夕方下市から憲兵がやってきて米兵を取り調べた
男の名はA・R・ハート技術軍曹二十五歳
美しい妻の写真を所持していた
別れぎわに重光さんの肩をたたいてサンキューと一言
重光さんの手に握らせたのは磁石盤（携帯用羅針盤）

重光さんは毎年終戦記念日になると錆びないように洋銀製の蓋を磨きつづけた
米兵の遺族には返してやりたいと願いつつ
戦死した息子の白木の箱には何にも入ってなかった

七月二〇日
パラシュートで降下し捕虜になった米兵すべて　ハート軍曹も
伊丹空港軍司令部あるいは信太山演習場で銃殺された

参考資料　奈良県天川村歴史資料館資料他

新　百鬼夜行

むかしむかし
室町時代の京の都
いまだ明けぬ寅の刻
ぞろぞろ　来るわ来るわ
付喪神《つくもがみ》の妖怪たち※
鎧　弓　太刀の武具のいさましい妖怪たち
鏡　火鉢　鍋のよろよろあるく妖怪たち
灯台の妖怪はちょろちょろ足元を照らし
貴人の琴妖怪をひっぱる琵琶の妖怪
高坏の妖怪はピーヒャララー笛を吹く

道具も百年たつと化けて魂入り
付喪神《つくもがみ》となって人をたぶらかす

洛中洛外の人は毎年立春前に煤払いといって
古道具を路地に放り捨て
百年に一年たらぬ付喪神《つくもがみ》の災難にあうまいとする
多年主人様のお役にたち忠節をつくしたのに
なんの褒美も感謝もないばかりか
路上に捨てられ　牛馬に踏まれ
まことに悲しい　恨めしい
無念さに震える古道具たち
かくなるうえは化け物になって仇を報じようと
節分の夜　人間の男女老少　孤狼などの獣　魑魅悪鬼に変化し
にぎやかに京の大路をパレードした

ぞろぞろ　ぞろぞろ
百鬼夜行の後方は
解体寸前の乗用車や
まあたらしい自転車妖怪
テレビに冷蔵庫　パソコンに携帯妖怪

いずれも疲れた足取りで今様妖怪は元気がない
ペットボトルにコンビニ弁当妖怪は軽くてとばされそう
古くなるまえに捨てられる　たちのわるさ
最後の列にはまだ九十九髪《つくもがみ》にいたらぬ老女
過労気味の働き盛りの男まで
使い捨てられ妖怪となって
薄い影をひきずって歩く

妖怪たちの報復はすでにはじまっている

※付喪神は、九十九髪―つまり、老人の白髪からきている。「百年に一年たらぬ」というのは「百」という字に一画たらぬ「白」という字のこと。

参考図書　小松和彦他著『百鬼夜行絵巻を読む』

あとがき

食うことは生きること。食うという営みから人生やら世の中やらいろいろ見えてきました。高度経済成長以前の田舎育ちの暮しに、どっぷりと浸ってきたわたしです。経済と効率優先の現代にはついてゆけなくておろおろしています。たっぷりの太陽ときれいな土と水を恋しています。

失われたものへの怒りと憧れが詩を書かせたのでしょうか。食べ物の詩作は楽しい時間でした。勝手きままに筆を運ばせていただきました。

この詩集の詩は、「綜合医学会」の会報誌「月刊綜合医学」に連載されたものです。ご縁ありまして創作の場をあたえてくださった幸運に感謝いたします。

わたしは以前(一九九六年)に『食卓の風景』を上梓しています。この詩集はそれに続く作品です。今回のは、少々辛い食卓になったかもしれませんが、ご賞味いただければうれしいです。

「綜合医学」編集部の今村千賀子さん、朴とした美しい表紙絵を描いてくださった花山美咲さん、詩集を編むのにお世話いただいた駒走明子さん、鈴政千恵子さん、新葉和江さん、澪標の松村信人さん、にお礼申しあげます。

二〇二一年　九月吉日

奥村和子（おくむら かずこ）

1943年　大阪府生まれ。
日本現代詩人会・関西詩人協会　石上露子を語る会　所属
詩集『渡来人の里』『めぐりあひてみし―源氏物語の女たち』
　　『ソウルの夜は更けない』『花』他
小説『恋して歌ひてあらがひて―わたくし語り石上露子』
評論 共著『みはてぬ夢のさめがたく』
伝記『中谷善次　ある明星派歌人の歌と生涯』

現住所　〒584-0001　富田林市梅の里1-15-4

安福廸子・画

食卓の風景　新選

二〇二一年九月十六日発行

著　者　奥村和子
発行者　松村信人
発行所　澪　標
大阪市中央区内平野町二 - 三 - 十一 - 二〇二
TEL　〇六 - 六九四四 - 〇八六九
FAX　〇六 - 六九四四 - 〇六〇〇
振替　〇〇九七〇 - 三 - 七二五〇六
印刷製本　亜細亜印刷株式会社
DTP　山響堂 pro.